Santillana

Original Title: There's a Nightmare in My Closet

© Mercer Mayer, 1968

First published in Spanish
by Ediciones Altea in 1982

© 1996 by Santillana Publishing Co., Inc.
2105 N.W. 86th Ave.
Miami, Florida 33122

Printed in Hong Kong
By Pearl East Printing Co.

ISBN: 84-372-1754-7

Una pesadilla en mi armario

texto e ilustraciones de Mercer Mayer

traducción de Miguel A. Diéguez

Santillana

Durante algún tiempo
hubo una pesadilla
en mi armario,

por lo que,
antes de dormir,

cerraba cuidadosamente la
puerta.

Sin embargo, siempre tenía
miedo de volverme y mirar.

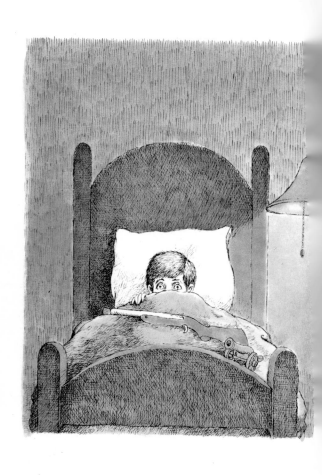

Cuando me había metido
en la cama
nunca me atrevía…

…a echar un último vistazo.

Una noche me decidí a
brarme de mi pesadilla de una
vez por todas.

En cuanto la habitación quedó
a oscuras, oí cómo la pesadilla
se deslizaba hacia mí.

Entonces encendí bruscamen
la luz y la sorprendí a los pie
de mi cama.

– ¡Vete, pesadilla!
–grité–. ¡Vete
o tendré que disparar!

De todos modos, disparé

y mi pesadilla comenzó a
llorar.

Yo estaba furioso...

...pero no demasiado...

– Pesadilla –le dije–,
no alborotes.
Tranquilízate o si no
despertarás a papá y mamá.

Como no quería
dejar de llorar,
la tomé de una mano

y la metí en la cama.

Después cerré alegremente la
uerta del armario antes de ir a
reunirme
con mi pesadilla.

Supongo que habrá
otra pesadilla en el armario,
pero mi cama es
demasiado pequeña para tres...